Yf 8583

LES CRIMES

DU

VAUDEVILLE.

LES CRIMES

DU VAUDEVILLE.

Castigat ridendo....

A PARIS,

Chez ROUX, Libraire, Galerie
du Tribunat, N°. 26, derrière le
Théâtre de la République;
Et chez les Marchands de Nouveautés.

AN IX. — 1801.

AU MINISTRE
DE L'INTÉRIEUR.

C ITOYEN,

DERNIEREMENT le *Vaudeville*
avoit conçu le dessein de s'intro-
duire au Théâtre Français (1) *; si*
le complot n'eut pas été découvert,
le petit malin eut révolutionné la
scène, et peut-être eut-il fini par
mettre en couplets les gémissemens
de Melpomène : heureusement que
l'œil de la surveillance étoit ou-
vert sur lui ; vous fûtes instruit, et

(1) On avoit annoncé à ce Théâtre, un VAUDEVILLE
sur la Paix, les Journaux publièrent la lettre du Mi-
nistre qui en défendoit la représentation.

vous lui défendîtes de faire réson-
ner ses pipeaux dans le temple
de Thalie. Assurément ce joyeux
conspirateur méritoit une puni-
tion exemplaire ; votre indulgente
bonté à son égard, prouve que
vous ne connoissez pas tous ses
crimes ; je viens vous les dévoiler :
nouveau Mutius, je me sacrifie
pour le bien général. Sans regrets,
comme sans crainte, je m'expose
aux pointes que tous les conjurés
ses partisans vont diriger contre
moi. Victime de mon zèle, je puis
succomber sous le poids assommant
des calembourgs ; mais si mes
réflexions vous ont paru de quel-
qu'utilité, je m'applaudirai de
mon courageux dévouement.

Salut et respect ,

Hector Chauffier.

LES CRIMES

DU VAUDEVILLE.

Les crimes du Vaudeville !... vont s'écrier tous les petits Manufacturiers de couplets (1), en voyant le titre de

(1) Dans les temps où un couplet étoit une production de l'esprit, et que par conséquent tout le monde ne pouvoit pas en faire, on nommoit Poëte le père de ces malins, tendres ou joyeux refreins qui, circulant de bouche en bouche, ranimoient la gaîté de nos bons ayeux ; mais aujourd'hui c'est différent, l'esprit n'entre pour rien dans la composition d'un Vaudeville. Le dictionnaire à la main, on rassemble des rimes, (les plus baroques sont les meilleures); on les range à distances égales, on les maintient là à force de chevilles ; s'il reste quelque place pour une idée, et qu'on en ait, on tâche de l'y fourrer, mais en observant que ce qui a l'air d'une pensée, vaut toujours mieux que la pensée elle-même. Telle est la manière dont s'y prennent les modernes *Faiseurs*, pour enrichir leurs ouvrages de ce qu'ils appellent des *Couplets de facture* ; on voit par conséquent que le genre de leur travail et leurs propres expressions, nous autorisent à les nommer *Manufacturiers*.

A 3

mes très − sérieuses réflexions. ... Oui,
Messieurs, ne vous en déplaise, le
Vaudeville est un grand criminel; et,
sans aller plus loin, votre rare talent
poétique n'est−il pas un de ses crimes ?
n'est − ce pas à sa dangereuse facilité
que vous devez votre existence litté-
raire ?.... Prouvons que le Vaudeville
seul vous inspira l'idée d'être Auteurs
dramatiques, et le Public qui connoît
vos œuvres, va répéter en chœur : quel
crime il a commis !

> Si le ciel en naissant ne l'a formé Poëte. ...
> Pour lui Phébus est sourd et Pégase est rétif. . .

a dit Boileau, en parlant de celui qui
veut pénétrer dans le sacré vallon. Cette
idée pouvoit paroître fort bonne aux
petits génies du siècle de Louis XIV;
à cette époque, les sciences, les arts,
les talens, étoient encore au berceau,
et l'on avoit la bonhommie de croire
qu'il falloit être doué de quelques dispositions naturelles pour posséder l'art
d'écrire, soit en prose, soit en vers.
Nous avons bien acquis depuis ce
temps !... comme tout est perfectionné!

De nos jours la pensée de l'illustre Satyrique, est vraiment du dernier ridicule : à présent on a des calculs aussi certains pour faire de l'esprit, que ceux de Jean-Jacques pour faire de la musique : on n'a plus besoin d'être né Poëte, Phébus n'est plus sourd, il a de longues oreilles ; Pégase n'est plus rétif ; l'Hypocrène le rendoit fougueux ; pour l'appaiser, on le nourrit de chardons. Il suffit de vouloir être Poëte, pour le devenir à l'instant ; eh! que de gens le veulent malgré tout le monde !

La fondation du Théâtre du Vaudeville fut la première époque de l'apparition subite d'une foule d'Auteurs. En voyant les *Barré*, les *Radet*, les *Piis* et autres Chansonniers estimables, obtenir chaque jour les suffrages mérités d'un Public connoisseur, tous les écoliers de seconde et de rhétorique, qui déjà se croyoient Poëtes, parce qu'ils avoient *rimé* quelques couplets pour la fête de leur grand-papa, abandonnèrent Quinte-Curce et Tite-Live pour les Etrennes d'Apollon : munis de ce recueil d'airs nouveaux, ils se mirent à l'ouvrage ; et sans connoissance de la scène, ni des règles de l'art dramatique, sans plan, sans usage du monde, à l'aide de quelques mauvaises phrases de prose, ils emmanchèrent ensemble une cinquantaine de plus mauvais couplets, qu'ils décorèrent pompeusement du titre de Vaudeville. En huit jours de temps, chaque Théâtre regorgeoit de ces chefs-d'œuvre in-promptu ; le Directeur se contenta d'en lire les deux premières pages ; et las de les colporter d'Administration en Administration, les Auteurs perdirent l'espoir d'obtenir les honneurs de la représentation ; mais ils ne perdirent point leur vocation dramatique. Ils voyoient Apollon leur tresser une couronne ; et ne voulant pas qu'il en fût pour ses frais, ils retournèrent au travail avec une nouvelle ardeur, en plaignant l'aveuglément et l'ignorance du Directeur qui avoit sottement refusé sa fortune en refusant leur ouvrage.

Une circonstance funeste fut la seconde époque à laquelle parut encore une bande de *Vaudevillistes* (1). Le régime de la terreur enfanta une nouvelle race d'Auteurs ; depuis l'Écrivain du coin de la rue jusqu'au Commis de bureau, tous les barbouilleurs de papier prétendirent mériter un certificat de civisme en faisant une prétendue pièce patriotique. La torche de la discorde leur tint lieu du flambeau du génie ; ennemis déclarés de la rime comme de la raison, ils versifièrent en prose les harangues incendiaires des Orateurs de section, et modulèrent sur leur lyre anacréontique les hurlemens des assassins.

Cette horde de *Vaudevillistes* fut plus heureuse que la première : elle parvint sans peine à faire jouer ses chefs-d'œuvre révolutionnaires. Le fanatisme les inspira, la crainte les fit représenter ; aucun Directeur de Spectacle n'osa refuser une pièce patriotique ; aussi craintifs que lui, les spectateurs applaudirent

______

(1) Quelques personnes prétendent que ce mot n'est pas très-français : nous pensons cependant qu'on peut dire *Vaudevilliste*, comme on dit *Copiste*.

en cachant leurs bâillemens, et le Théâtre devint une tribune de Société populaire, où l'on chantoit gaîment le brigandage et la mort.

Vive le Vaudeville!.... ses joyeux refreins savent tout embellir; assaisonnés par lui, les objets les plus sombres prennent une teinte agréable, je viens de le démontrer. Qu'on ne m'objecte point que Thalie l'a rivalisé dans ce cas, il est aisé de se convaincre du contraire: que l'on prenne une grosse (1) de pièces patriotiques, on y trouvera une seule Comédie, tout le reste sera en Vaudevilles.

On demandera peut-être pourquoi le Vaudeville a obtenu une préférence aussi marquée? oh! la raison est bien simple, c'est que Thalie est beaucoup plus exigeante que lui: elle est femme, et demande des égards; mais avec le Vaudeville, on agit assez cavalièrement. Le

____

(1) Une *grosse*, terme de commerce, pour désigner douze douzaines: il est bien permis d'emprunter le langage des Marchands, quand on parle des produits des *Manufacturiers*.

public qui siffle sans pitié une Comédie médiocre, applaudit un Vaudeville détestable ; un éloge délicat, un madrigal, une épigramme, une pensée érotique, un calembourg même, renfermé dans le huitième vers d'un couplet, lui fait oublier l'ennui que lui ont causé les sept premiers. Il est par conséquent plus facile d'espérer des succès en se livrant au genre du Vaudeville ; aussi tous ceux qui débutent dans la carrière dramatique, s'empressent-ils de l'adopter, tandis que l'on peut à peine citer deux ou trois Auteurs connus dans les temples de Thalie ou de Melpomène, et qui, par délassement, se sont ensuite amusé à semer des couplets dans quelque bluette enfant de leurs loisirs.

Loin que le Vaudeville exige les connoissances nécessaires pour faire une bonne Comédie, il force celui qui se livre à ce genre, de négliger les règles de l'art dramatique. Un plan bien conçu et bien tracé, des scènes adroitement filées, une marche fortement intriguée, des caractères prononcés, un dialogue concis , ne permettroient pas à nos meilleurs Chansonniers d'enrichir leur ouvrage de leurs aimables couplets : le Vaudeville est un enfant qui ne marche jamais droit au but vers lequel il tend ; il aime à s'égarer, à folâtrer sans cesse ; dès qu'il apperçoit une fleur, il s'écarte de sa route pour aller la cueillir ; il a même pour les fleurs un goût si prononcé , qu'il les prend toujours pour base de ses comparaisons : si sa manie continue , il deviendra un des meilleurs botanistes, et finira par mettre en couplets la *Flore* de Buc'hoz.

A propos de comparaison, on peut comparer une pièce en Vaudevilles à un ouvrage en marqueterie ; mais aussi, comme toute comparaison cloche, dit un vieil adage, il est facile d'enlever les ornemens de cette marqueterie sans nuire à l'ensemble de l'ouvrage. Pour s'en assurer, que l'on prenne le meilleur Vaudeville, par exemple L' . . . . toute réflexion faite, je n'en dirai pas le titre : je veux laisser à chaque auteur le plaisir de croire que j'allois nom-

mer

mer une de ses pièces : que l'on prenne
donc le meilleur Vaudeville (1) fait depuis dix ans, et il y a de quoi choisir,
qu'on en ôte tous les couplets avec le
petit mot hors d'œuvre qui les amène,
et l'on verra, non pas que ce sera une
bonne comédie, mais que le dialogue
n'éprouvera aucune lacune, et que les
couplets ne tenoient nullement à l'ac-
tion : cependant comme il n'est pas de
règle sans exception, on rencontrera
peut-être quelque duo *de situation*, que
l'on ne pourra pas détacher sans entra-
ves ; mais alors on remarquera que ce
passage ne présente nulle idée saillante
et n'a jamais eu la gloire d'être ap-
plaudi : toutes les pensées piquantes
sont toujours hors du sujet, le grand
art du Vaudevilliste est de savoir les
amener adroitement ; mais quel que soit

(1) Un *Vaudeville*, dans sa véritable acception, ne
ressemble pas aux pièces que maintenant on appelle
ainsi : le Vaudeville proprement dit, est entièrement
en couplets ; telles sont *les Amours d'été* ; aussi les
Auteurs du Théâtre du Vaudeville ont-ils le soin d'annoncer leurs pièces sous le titre de *Comédies*..... Ce
titre est-il bien exact ? sont-ce bien des Comédies ?....

son talent, il lui est impossible de ren-
dre ses jolis couplets partie intégrante
de son ouvrage; car la comédie devant
être la peinture de la société, il ne sau-
roit y trouver des personnages et des
actions assez variées pour lui offrir con-
tinuellement une foule d'individus qui
aient la manie d'oublier l'objet qui les
occupe, pour *faire de l'esprit* : d'ailleurs tous ceux qu'il fait parler ayant
la même frénésie, manquent d'effets
faute d'oppositions, et c'est réellement
une classe de gens fort ridicules qu'il
crée de sa propre autorité.

Si le Vaudevilliste vouloit se peindre
et qu'il fut assez adroit pour saisir la
ressemblance, il pourroit mettre à la
scène un caractère neuf et vraiment ori-
ginal, celui d'un homme aimable, instruit, et qui cependant n'ayant pas le
sens commun, rompt sans cesse la con-
versation, l'écarte de son objet, pour
faire briller son esprit en plaçant une
épigramme, une galanterie, un bon
mot, une plaisanterie, par fois ridicules ; mais dès qu'il a fait sourire, il a

rempli son but, et s'inquiète fort peu
si, par ses propos déplacés, il a nui à ses
propres intérêts, ou manqué aux égards
dus à la société. Je conviens que, dans le
monde, on rencontre des individus de
cette espèce, mais ce n'est pas un mo-
tif suffisant pour que le Vaudevilliste
prête à tous ses personnages en général
un ridicule qui n'appartient qu'à quelques-uns en particulier.

L'usage a force de loi, et l'usage des
chansonniers est devenu une des lois
du Vaudeville: cette dangereuse habitude de donner à Gilles les moyens d'a-
voir de l'esprit comme Arlequin, a
offert à tous les écrivassiers une facilité
séductrice de travailler en Vaudevilles;
quand on n'est pas obligé d'avoir le sens
commun, il est si aisé de montrer de
l'esprit! et puis on a de la mémoire,
et puis le petit calepin sur lequel on
écrit les bons mots, les saillies que l'on
entend débiter dans la société . . . .
eh bien, quand l'occasion s'en trouve, à
la faveur d'une petite phrase amphigou-
rique, on se sert de l'esprit des autres

au risque d'être reconnu pour le geai paré des plumes du paon.

La pernicieuse facilité du Vaudeville a fait saisir ses pipeaux à une troisième classe d'auteurs, celle des *affamés*: Je n'examinerai pas si le proverbe a raison, lorsqu'il prétend que *ventre affamé n'a pas d'oreilles* ; j'observerai seulement que ceux - ci entendoient quelquefois sonner l'heure du dîner sans pouvoir se mettre à table ; comme l'habitude est une seconde nature et qu'on a fait contracter aux enfans celle de manger quand ils ont faim, ceux-ci recoururent au Vaudeville comme un moyen de satisfaire leur appétit. Incapables pour la plupart de créer un plan même de Vaudedeville, les voilà tous à l'affut du moindre évènement politique ou autre, et dès qu'un fait, une anecdote quelconque se présente, vingt-quatre heures après on voit annoncer une douzaine de pièces sur le même sujet, et toutes en Vaudevilles. Cette annonce est un coup de poignard terrible pour les moins diligens; ils ont été prévenus, leur pièce n'est pas finie ; quel dommage qu'il n'y ait pas une centaine de Théâtres à Paris, ils auroient tous en même temps leur petit Vaudeville sur l'anecdote du jour!... Heureusement que le travail de ces auteurs de circonstance qui, cette fois se trouvent en retard, n'est pas entièrement perdu pour le public : les couplets, des scènes même toutes entières seront employés dans la pièce qu'ils feront sur le prochain évènement; c'est autant de besogne faite, et cette petite avance leur promet la priorité pour leur future production; d'ailleurs ils auront grand soin de lire les journaux aussi-tôt qu'ils paroîtront, et dès qu'ils auront eu le bonheur d'y rencontrer quelque sujet à traiter, avant de se mettre à l'ouvrage, ils courront chez le Directeur de leur Théâtre favori, lui demander lecture pour le lendemain; car ils ont entendu dire à Montmartre, que le premier venu au moulin engrêne.

Cette immense quantité de Chansonniers nés de la facilité du Vaudeville, est devenue très-nuisible au commerce dramatique; les Auteurs qui, avant l'existence de ceux-ci, obtenoient du public de justes applaudissemens, et des Directeurs une honnête récompense de leurs travaux, ont éprouvé une forte diminution dans leurs honoraires; rien de plus naturel, quand une marchandise est abondante son prix baisse, et comme messieurs les Entrepreneurs de Spectacles ne se piquent pas d'être connoisseurs, peu leur importe la qualité, le bon marché les décide; aussi leurs fournitures de Vaudevilles leur reviennent toujours à bien bon compte; on pourroit même citer certain *Manufacturier très-habile* (1)

______

(1) Ce Manufacturier a réellement une habileté toute particulière; qu'on lui présente un canevas dialogué, et en une heure de temps au plus, il va le garnir d'un joli petit assortiment de couplets. Dans ses momens perdus, et il en a beaucoup, il fabrique des couplets de toutes les espèces, qu'il dépose dans des cartons étiquetés selon leur genre ; de sorte qu'à la seule inspection du titre des cartons, on peut choisir les couplets que l'on desire. Il faut avouer que rien n'est plus commode pour faire un Vaudeville *in-promptu*, et que tous les Manufacturiers doivent s'empresser d'adopter cette méthode dont je ne nomme pas l'inventeur, crainte de blesser sa modestie.

qui leur en donne à vingt sols par représentation, cela n'est pas cher !...

L'auteur qui sait se respecter ne s'a-
baisse point à recevoir, comme ces Manufacturiers, le salaire d'un manœuvre ;
il préfère garder son ouvrage, ou s'il
consent à le laisser jouer, il ne réclame
aucun payement ; cependant l'homme-
de-lettres le plus instruit a besoin de
manger comme le plus grand ignorant,
car la gloire n'a rien de nourrissant ;
avec la plus éclatante possible, et pas
autre chose, on fait un fort mauvais
dîner.

Il est pourtant vrai que, grâces au
Vaudeville, d'ignorans agioteurs du
perron du Parnasse, en usurpant le titre
d'hommes-de-lettres, sont parvenus à
le dégrader, et à obtenir une honteuse
préférence sur des Auteurs estimables.
Quelques personnes trouveront peut-
être ridicule que des écoliers supplan-
tent leur maître ; mais qu'elles ne s'y
trompent pas, tout est pour le mieux
dans le meilleur des mondes possibles !...
Remercions donc le Vaudeville d'avoir

pénétré du feu poétique des milliers de mirmidons. Si quelque jour Apollon a besoin d'une armée de gens de plume, qu'il mette en réquisition les Manufacturiers de couplets, la recrue sera nombreuse et dans la force de l'âge ; car la plus grande partie de ces vigoureux athlètes littéraires compte à peine vingt printems : leur jeunesse lui fera peut-être douter qu'ils puissent glorieusement soutenir la lutte ; mais qu'il se rassure :

> . . . . « Aux ames bién nées,
> » La valeur n'attend pas le nombre des années ».

Après avoir opéré la multiplication des Auteurs comme Jésus fit celle des pains, le Vaudeville fit un autre miracle ; il multiplia les Théâtres, et l'on vit quatorze Spectacles affichans (1)

---

(1) Les Théâtres du Vaudeville, de la rue Feydeau, de celle de Louvois, de Montansier, de la Cité, de l'Ambigu, de la Gaîté, des Jeunes-Artistes, de Lazzari, du Marais, de la rue du Bac, de Molière, des Délassemens, Sans-Prétention. On pourroit encore citer cinq ou six autres Théâtres qui n'affichoient pas, et qui jouoient des Vaudevilles.

annoncer des Vaudevilles ; qu'on n'objecte pas que ces théâtres existoient
avant celui du Vaudeville, quatre ou
cinq au plus étoient ouverts, les autres
lui doivent leur origine.

Le Vaudeville, si commode pour les
Manufacturiers, l'est également pour les
Spéculateurs ; les frais qu'il exige ne
sont pas considérables. On peut, sans
grandes dépenses, monter des Vaudevilles , on n'a pas besoin d'Acteurs
aussi consommés dans leur art que pour
la plus faible Comédie ; il n'est pas
même nécessaire qu'ils soient chan-
teurs, ils doivent, dit-on, *parler le
couplet*, et quelques-uns possèdent ce
talent à un si haut point de perfection,
que le spectateur ne sait point sur *quel
air ils parlent.* Un orchestre nombreux
et de bons musiciens sont également
inutiles ; les roucoulemens de ces petits
Garat, soutiendroient mal une forte
harmonie, et l'on peut très-bien jouer
des Ponts-neufs sans avoir le talent de
Viotti. Les frais de musique sont aussi
modiques que ceux du poëme ; moyen-

nant seize francs cinquante centimes, le citoyen Plourdeau fournit toutes les parties nécessaires. Comme il est commode le Vaudeville!.... on prend la musique de *Grétry*, *Méhul*, *Breton*, *Daleyrac*, *Lesueur*, on la copie, on l'exécute tant bien que mal, et l'on n'a rien à payer aux compositeurs. Il n'est peut-être pas de la plus exacte justice que l'on dispose de l'ouvrage des gens, sans même leur en demander la permission, et ils pourroient fort bien le trouver mauvais; mais si cela fait du tort aux compositeurs, en revanche c'est fort avantageux pour les Directeurs.

Tous ces moyens d'économie que présente le Vaudeville, lui méritèrent la préférence des gens à entreprise, et comme je viens de le dire, on vit pulluler les Théâtres; il y avoit si peu de dépense à faire, qu'en abandonnant le huitième des recettes pour payer le loyer de la salle, avec cent pistoles en poche on se faisoit Directeur de Spectacle.

Le Vaudeville a un penchant très-prononcé pour la multiplication; nous avons vu qu'après avoir multiplié les Auteurs, il a multiplié les Théâtres: mais ce n'est pas tout, il a aussi multiplié les Acteurs; l'un ne pouvoit gnères aller sans l'autre, car point d'Acteurs, point de Théâtres. On pensera peut-être que les Entrepreneurs ne trouvant pas assez de monde, eurent beaucoup de peine à former leurs troupes : nullement; la facilité de composer le Vaudeville avoit fait des Auteurs, la facilité de le jouer fit des Acteurs; combien de gens n'eussent jamais songé à monter sur les tréfaux, si ce genre eut exigé le talent nécessaire pour débiter la plus mauvaise Comédie! Mais pourvu que l'on soit en état de chanter l'air *de Marl-bouroug*, on peut débuter dans un Vaudeville. Peu importe le timbre de l'organe, le Directeur ne cherche ni Basse-taille, ni Haute-contre, toutes lès voix sont bonnes pour le Vaudeville. Aussi vit-on déserter des atteliers tous ces individus indolens pour qui le travail est un fardeau pénible ; l'oisive existence d'un histrion leur parut préférable à leurs utiles fatigues ; d'une main désœuvrée ils jetèrent leurs outils pour prendre des rôles ; et tandis que l'apprentif savetier fermoit son échoppe pour courir au Théâtre, la ravaudeuse sortit de son tonneau pour monter sur la scène.

C'est ainsi que se forma subitement une légion *d'Artistes* ; car c'est précisement cette classe d'Acteurs, qui, la première se décora de ce titre respectable. Presqu'aussi nombreux que les Manufacturiers de couplets, ils ne furent pas pas plus exigeans qu'eux pour leurs appointemens. Les Entrepreneurs n'auroient eu qu'à se louer de leurs spéculations, si, par son pouvoir, le Vaudeville eut aussi multiplié les Spectateurs ; mais leur nombre n'augmenta pas avec celui des Théâtres ; tout au contraire, chacun des derniers se ressentit cruellement des effets de la rivalité ; les Directeurs virent alors qu'ils ne pouvoient acquitter qu'une partie de leurs engagemens : pensant

qu'ils

qu'ils feroient beaucoup de jaloux en payant quelques-uns et ne donnant rien aux autres, ils préférèrent ne payer personne; mettant donc de côté le produit des recettes, ils firent banqueroute à tout le monde. Il étoit impossible de se comporter plus sagement, on doit en convenir : et si les *Artistes* crient contre les Directeurs, ils ont tort; qu'ils s'en prennent plutôt au Vaudeville qui les a fait Acteurs, au Vaudeville qui a fait des Entrepreneurs, au Vaudeville qui a fait des Auteurs, en un mot, au Vaudeville qui a fait faire des sottises à tant de gens.

Dira-t-on maintenant que le Vaudeville n'est pas criminel ?... J'avoue que c'est bien sans le vouloir; mais il n'en est pas moins coupable : n'est-ce pas encore cet aimable criminel qui a répandu dans la société le goût des calembourgs ? Qu'on s'en amuse au spectacle, fort bien; mais que sorti de là, chacun s'occupe à se torturer l'esprit et à défigurer la langue française, pour faire sur la pointe d'une aiguille un insipide jeu

de mots, c'est un abus que le bon goût
doit réprimer.

Sylvain Maréchal voudroit qu'une
bonne loi défendît aux femmes d'apprendre à lire ; eh bien, moi, j'en demande une bonne ou mauvaise qui les
obligé à apprendre soigneusement l'or-
thographe, mieux elles la sauront,
moins elles feront de calembourgs ,
moins elles souriront à ceux que leur
débitent journellement *les aimables* ,
parce qu'elles en sentiront mieux la
sottise et le ridicule.

Ce ne seroit pas sans de bonnes rai-
sons qu'on pourroit reprocher au Vaudeville d'avoir mis l'épigramme à la
mode ; à présent on ne se parle plus, on
ne s'écrit plus, sans se déchirer : on
embrasse son ami en lui lâchant une
épigramme, on fait la cour aux belles
avec des épigrammes , en un mot,
l'épigramme rivalise le calembourg ; la
première est l'esprit des méchans, le
second est celui des sots. Mais cette
manie satyrique passera promptement:
ceux qui en sont atteints, s'ils n'en re-

çoivent pas quelque bonne leçon, s'em-
presseront de se corriger eux-mêmes.

« Car malgré les succès de l'esprit des méchans,
» On sent qu'on en revient toujours aux bonnes gens ».

Un reproche beaucoup plus grave
qu'il est bien permis de faire au Vaudeville, c'est de contribuer essentielle-
ment à la décadence du Théâtre français. Par son génie aimable et piquant,
le Vaudeville séduit tous ceux qui ont
du goût pour l'art dramatique, mais il
les enchaîne loin du temple de Thalie;
et tel qui, peut-être, fut devenu un de
ses chantres favoris, ne voit plus qu'a-
vec effroi ses règles austères; je l'ai
déjà dit, et rien n'est plus vrai, le Vaudeville n'exige aucune des connoissances nécessaires pour faire une Comédie, et celui qui les possède ne peut pas
en faire usage; que nos meilleurs chansonniers, en supprimant quelques vers
de *la Métromanie*, y substituent des
couplets dignes d'eux, et ils auront fait
le plus detestable Vaudeville. Il est
donc évident que ce genre malheureu-
sement trop à la mode, en écartant de

l'étude des grands maîtres, ceux mêmes qui pouvoient avoir quelques dispositions à marcher sur leurs traces, deviendra une des causes premières de la décadence du Théâtre français, naguères si florissant. Qu'on ne croie pas que celui qui s'est adonné au Vaudeville puisse aisément l'abandonner pour offrir son hommage à Thalie, outre l'attrait du plaisir qui le retient, et la folâtre gaîté qui, pour le dégoûter de son projet, lui fait appercevoir mille obstacles dans la route qu'il veut prendre, accoutumé à n'avoir que le caprice pour guide, il lui est bien plus difficile de se soumettre aux loix que la Comédie lui impose : non seulement les instans qu'il donna au Vaudeville sont totalement perdus, mais encore ils doublent la peine qu'il éprouve dans sa nouvelle carrière : car il est plus aisé de bien élever un enfant, que de le corriger de ses défauts. Si le jeune pâtre, dès son enfance, conduit ses troupeaux au sommet des montagnes, bientôt il courra sans crainte sur la pointe des rochers; mais s'il passe ses premières annnées à folâtrer dans la plaine, lorsqu'il voudra gravir le côteau , les précipices l'effrayeront, sa marche sera mal assurée, et peut-être ne pourra-t-il pas se garantir d'une chûte mortelle.

La gloire du Parnasse français exige que l'on mette un frein aux égaremens du Vaudeville, et le moyen d'y parvenir est aussi simple que facile; c'est de défendre à tous les Théâtres de Paris de jouer des pièces en vaudevilles, bien entendu que celui consacré spécialement à ce genre est excepté de la défense; il est aussi nécessaire qu'agréable, et s'il n'existoit pas , il faudroit le créer. En reservant à lui seul la représentation des Vaudevilles , on forcera une foule d'écrivassiers à finir leurs études , pour se livrer à des occupations qui puissent leur donner une existence dans la société. On fera rentrer dans leurs atteliérs un très-grand nombre d'artisans qui ont abandonné leurs utiles travaux pour devenir de prétendus *Artistes*; enfin on fera diminuer la quantité des Théâtres.

Ce dernier article pourra sembler d'abord un peu plus problématique; mais que l'on fasse attention que le répertoire de cinq ou six Théâtres est, pour la majeure partie, composé de Vaudevilles, que l'on examine toutes les affiches de Spectacles, et l'on verra que l'on joue depuis seize jusqu'à vingt Vaudevilles par jour, tandis que l'on ne représente que sept ou huit pièces d'autres genres. Il est donc clair qu'en ôtant aux Directeurs la ressource des Vaudevilles, on les forcera à quitter leurs entreprises, car si, privés de leurs petites pièces, ils veulent essayer de rivaliser quelque Théâtre, qui ait adopté un genre particulier, tel que l'Opéra, la Comédie, la Pantomime, ou même le Drame, il leur faudra des Auteurs, des Acteurs, des Décors, et les Recettes habituelles ne pouvant jamais couvrir les dépenses qu'entraînera cette nouvelle spéculation, ils seront obligés de renoncer à leur extravagant projet.

On pense généralement qu'il est à propos d'exciter l'émulation d'un Théâ-

tre consacré à un genre distinctif, en lui
donnant un rival; en ce cas, laissons au
Théâtre Favart le droit de rivaliser celui
du Vaudeville, et que leur aimable con-
currence double les plaisirs du public;
qu'ils fassent entre eux assaut d'épigrammes et de calembourgs, mais que
l'on défende expressément à tous les
autres Spectacles d'avoir autant d'esprit,
ou d'en abuser comme eux.

Chaque jour on répète que toutes
vérités ne sont pas bonnes à dire : je
veux bien le croire; mais comme on ne
désigne pas celles que l'on peut mettre
au grand jour, j'ignore si les vérités que
je viens de me permettre sont de celles
qu'il ne faut pas dire : qu'elles soient
ou non de ce nombre, elles ne sont pas
moins incontestables, en dépit de tous
les apologistes du Vaudeville. Je sais
que l'on me vantera ses agrémens, et il
en a beaucoup; mais il n'en est pas moins
coupable; tout au contraire, sans ses
dehors séducteurs, il n'auroit aucun
crime à se reprocher : ne sait-on pas que
la terreur des mères, l'épouvantail des

maris, en un mot ce que l'on est convenu d'appeler un *Roué*, est toujours l'homme du monde le plus aimable ? Si l'on n'y prend garde, et qu'on ne se hâte de mettre un frein aux déportemens du Vaudeville, il se fera gloire de devenir le *Roué* du Parnasse : eh ! ma foi, gare les Muses ! le fripon est insinuant, plus adroit que tous les Poëtes ensemble qui n'ont pu porter atteinte à la chasteté des Neuf - Sœurs, le joyeux enfant les violera toutes, les unes après les autres.

F I N.

Imprimerie de D. DUPRÉ, rue des Coutures-S.-Gervais, près l'égoût de la Vieille-rue-du-Temple, N°. 446.